KB076994

마
음
의

꽃

마음의 꽃
홍수인 시집

초판 인쇄 2017년 02월 10일
초판 발행 2017년 02월 15일

지은이 홍수인
펴낸이 신현운
펴낸곳 연인M&B
기 획 여인화
디자인 이희정
마케팅 박한동
홍 보 정연순
등 록 2000년 3월 7일 제2-3037호
주 소 05052 서울특별시 광진구 자양로 56(자양동 680-25) 2층
전 화 (02)455-3987 팩스 (02)3437-5975
홈주소 www.yeoninmb.co.kr
이메일 yeonin7@hanmail.net

값 9,000원

ⓒ 홍수인 2017 Printed in Korea

ISBN 978-89-6253-194-7 03810

마음의 꽃

홍수인 시집

연인M&B

엄마가 읽어 준 책 중에 윤동주 시인의 『하늘과 바람과 별과 시』라는 시집이 있었습니다. 정확히 기억하는 시는 없지만 누워서 시를 들으며 시에 담긴 내용보다는 언뜻 느껴지는 감정과 시어가 멋져서 시를 쓰게 되었습니다. 제가 시를 쓰면 늘 주위에서 칭찬을 해 주었기 때문에 자연스럽게 시 쓰기에 재미를 붙이게 되었고, 저의 꿈은 작가라는 이름의 목표가 되었습니다.

시는 저에게 도구이자 삶의 목표입니다. 시는 감정을 전달하는 도구, 그리고 더 좋은 시를 더 좋은 도구로 이용하는 게 제가 시를 쓰는 목표인 것입니다. 그래서 저는 시를 쓸 때 제가 전달할 감정이 시라는 우편함에 잘 담겼는가를 생각하려고 노력합니다. 어린아이 같은 시든 어른 같은 시든 용도는 감동과 공감이라고 생각하니까 말입니다.

제가 쓴 시를 읽어 줄 독자들이 어떻게 생각할지는 잘 모르겠습니다. 저는 아직 어리니까 제 글의 완성도보다는 제가 글을 쓸 때의 의도와 생각이 어땠는지를 생각해 주셨으면 좋겠습니다. 제가 시를 쓰는 이유는 글로 현재의 감정과 생각을 전하려고 하는 것이니까요. 여러분들도 제가 시를 쓰면서 행복했듯이 제 시를 읽으시면서 행복하셨으면 좋겠습니다. 고맙습니다.

2017년 새봄을 기다리며
홍수인

| 차례 |

제2부

꽃씨

제4부

생각하는 나무

제5부

추
억
의

향
기

제1부

마
음
의
꽃

신발 한 짝

좁은 골목길에 들어서자
신발 한 짝이
엎드려 있다

예쁜 리본 달린
아기 구두 한 짝
어쩌다 혼자 울고 있을까

나는
어렸을 때 잃어버린
구두 한 짝을 생각한다

내 구두는 어떻게 됐을까?
아직도
길에 남아 있을까?

잃어버린 옛날 작은 구두가 생각나
한참 동안 길에 서서
아기 구두를 바라본다.

무지개

비 갠 파아란 하늘에
반달 모양 무지개

알록달록 예뻤는데
오늘은 무지개가 없다

비가 그치고 나면
무지개 떠야 되지 않나?

비가 오든 말든
빈둥빈둥 노는 무지개

기다리는 내 마음도 모르고
게으름만 피운다.

약속

오늘은 친구랑 약속 있는 날
큰 시계 앞에서 만나기로 했는데

'왜 안 오지?'

성큼성큼 내딛는 시곗바늘 소리가
내 마음을 애태운다

'오면 꿀밤 한 대 먹여야지.'

눈송이

자동차 위에
아주 조그만 꽃

먼지만큼 작은 꽃
너무나 귀엽다

제대로 된 꽃이라고
말은 못하지만

눈꽃송이의 아름다움은
누구도 못 따라간다

나는
눈꽃이 참 좋다.

겨울의 아픔

이토록 아픈 적이 있었을까
겨울바람이 칼로 벤 듯
마음이 아프다
바람처럼 떠나간 친구
있을 때 잘해 줄 것을
눈에 눈물이 번져 흐르고
후회마저 고개를 든다
겨울의 아픔이 이런 걸까
바람에 그리움 실어 본다.

선물

어둠이 내려앉은
집에 가는 길

쨍그랑 쨍그랑
울리는 종소리

고개 들어 바라보니
조그마한 모금함

망설이다가 망설이다가
지갑을 꺼낸다

아끼던 지폐 한 장
모금함에 넣으면서

누군가에게 좋은 선물이 되길
메리크리스마스!

크리스마스트리 1

우리 집 앞에 서 있는
어여쁜 트리

누군가의 소원이
열매처럼 매달려

반짝반짝
눈을 깜빡인다

방울방울 매달린 소원들
하늘까지 닿기를 기도한다.

작은 열쇠

바람 부는 가을 밤
주머니에서 떨어진
작은 열쇠 하나

바람 따라
하늘까지 올랐다

길을 잃은
작은 열쇠를
바람이 도와주고 싶은 걸까?

바람은
작은 열쇠를
살포시 집에 내려주었다

그러자 작은 열쇠는 말을 했다

"고마워 내일 봐."

꽃 아래 꽃병

저마다 뽐내며 잘난 척하는 꽃들보다
꽃을 예쁘게 보이기 위해 애쓰는
꽃병이 더 예뻐 보인다

사람들은
꽃병은 안 보고
거기 꽂힌 꽃만 바라본다

꽃병이 좋다고 하면서도
예쁜 꽃이 꽂혀 있으면
꽃만 보이나 보다

꽃 아래 꽃을 받쳐 주는
꽃병이 있다는 걸
잊은 채 말이다.

장례식장에서

영정사진 옆에
촛불이 켜졌다

하얀 양초도
누군가 돌아가신 게
슬픈 걸까?

촛불로 자신의 몸을 달구며
마알간 눈물을 흘린다

자신의 몸이
다 녹아 없어질 때까지
울고 앉아 있다.

책갈피

고양이 모양 책갈피는
늘 집이 달라진다

같은 책에서 다른 페이지로
옮겨 다니며 머문다

늘 조심스레 책 사이에 끼워 놓으며
이번 페이지도 잘 읽어 주길 바란다

다음 날 책을 펼쳤을 때
어제처럼 방긋 웃는 고양이 얼굴을 보면

나는 고양이가 이번 페이지도
재밌어 한 것 같아 기분도 좋다.

이기적인 하나님

하나님은
이기적이야

아무리 구름 아래
비가 많이 와도

하나님 계신
구름 위는

비가 안 와
번개도 안 쳐

하나님이 우리를 사랑하신다면
하늘나라에도 비가 와야지.

화분

내 책상 위에는
조그마한 화분이 있다

어머니가 사 오신
꽃 화분이다

집에 오시는 길에 문득 생각나
사 오신 거라지만

내가 좋아하길 바라는 어머니 마음
화분에 사랑으로 옮겨져
활짝 꽃을 피웠다.

엄마의 요리

엄마가 만들어 주신
음식을 먹을 때면

엄마의 정성과
사랑이 느껴진다

참
맛나다

먹을 때마다
엄마의 거친 손이 생각나

더욱더
감사한 마음이 든다.

겨울 바다

겨울바다는
아름답지만
적막하다

한 해의 기쁨과 슬픔을
머금고 있는

사람들의 눈물을
머금고 있는

겨울 바다는
겨울 바다는

참 아름답지만
너무나 적막하다.

세뱃돈

설날 아침
할아버지 할머니께
엎드려 절을 하면

할아버지는 주머니를 열어
배춧잎 같은 종이 몇 장씩을
덕담과 함께 나누어 주신다

세뱃돈 받아 들고
사촌들이 옹기종기 모여서
서로 자랑을 나눌 때면

나도 쪼르르
달려가
자랑 한 입 보탠다

날마다 설날이면
얼마나 좋을까.

봄비 1

보슬비가
봄 마중 나왔다

살금살금 기어오는
봄에게
물을 잔뜩 뿌려 준다

봄은
마중 나온 비가 고마워
포근히 안아 준다

고개를 내밀어
구경하는 새싹 하나
작은 미소를 짓는다.

오래된 친구

친구란
마음의 등불을
켜 주는 사람

나를 진심으로
위로해 주는 사람

그리고 오래된 친구란
기쁨과 슬픔까지
함께 나눌 수 있는 사람.

성당의 창문

새들이 날아가고
노을이 지면

색색의 빛깔이
성당 안을 가득 채운다

그 고운 빛을
넋을 놓고 바라보면

나도 모르게
마음의 풍성함을 느낀다.

나무 화분

우리 집에는
작고 예쁜
숲이 있다

나무 화분을
하나씩 사서 만든
조그마한 숲

비록 크지는 않지만
나무의 생기가 모여
마음이 푸근해진다

우리 집에는
작고 예쁜
숲이 있다.

숲 속의 산들바람

숲 속에
햇빛이 일렁이다
돌아가면

언제나 그랬듯
산들바람이
찾아온다

어두운 밤공기에
산들바람이 더해져
상쾌한 밤이 되니

나뭇잎도
기분 좋아
날아다닌다.

구슬 팔찌

가느다란 실에
옹기종기 모여 앉아
소곤소곤

샘물처럼
맑은
구슬 팔찌

갖고 있으면
내 마음도
맑아질까

손에
꼬옥
쥐고 다닌다.

봄 편지

집에 오는 길

벚꽃 잎
한 장이
떨어져 있다

작고 고운
한 장의
벚꽃 님!

"내가 왔어."

봄이 보낸
편지 같아

마냥 기쁘고
설렌다.

한순간
—세월호 그날

눈을 감았다 뜨니
바다에는
수많은 꿈이
가라앉고 있었고

또 한 번
눈을 감았다 뜨니
사람들의 눈은
촉촉이 젖어 있었다

하지만 한 번 더
감았다 뜨니
눈물은 말라 버렸다

사람들은 어느새 잊고 있다
아직도 수많은 꿈이
가라앉아 있다는 사실

그리고 저 밑에
상처받은 사람들이
울고 있다는 사실을.

마음의 꽃

아담한 집 안에
보이지 않는
정원이 있다

웃음이
물이 되고
사랑이
햇빛이 되어

가족들
마음에는
꽃이
한가득 피어난다.

제2부

꽃
씨

마음이 아플 때

절망과 두려움을 먹고 자란 가시들이
내 앞을 드리웠다

울면 울수록 가시는 더 많아져
걷잡을 수 없을 만큼
가시는 무성하게 자라고 만다

아! 그때
사람들이 준 칼을 받았으면
그때 맞서 싸웠더라면

이제 와 때늦은 후회를 한다
더는 자랄 것도 없는 가시
이제는 사라져 주기를 바랄 뿐이다.

변명

많은 사람들이 변명을 한다
하지만 그 변명도
상처에는 소용없다
그 사람이
벌을 모면해도
원망은 남는다
변명은
쓰지 않아야 되는
덮개이다.

일요일 십자가

일요일 십사가는
유난히
밝아 보인다

자신을 보러 오는
사람들이 많아서
그런가 보다

나도 그런 십자가를 보면
기쁨이 느껴져
내 마음도 밝아진다.

봄비 2

봄비가 내린다

봄이 오는 길에
힘들지 말라고

봄 길에
은하수 카펫을
깔아 주려나 보다

나도
봄비가 깔아 준 카펫을 밟고
봄 길 걸을 생각을 하니
덩달아 가슴이 설렌다.

수건

우리 집 수건은
바보다

바닥에 흘린 물
음식물 묻은 손

마구 닦는데 뭐가 좋다고
자꾸 제 몸을 내준다

우리 집 수건은
정말 바보다

아니, 수건의 마음을 몰라주는
내가 더 바보다.

꽃씨

엄마 품을
조심스레 나와서
빈 화분에 몸을 숨긴다

싹이 언제 트나
언제 트나

꽃은 언제 피나
언제 피나

조그만 게
제 엄마처럼 되려고
애쓰는 모습

보면 볼수록
마냥 귀엽기만 하다.

모래사장

고운 모래 알갱이가
잔치를 벌인다

자기들 몸으로
성도 만들고
침대도 만든다

꼼지락대는
아이들 발가락 사이도
몰래 들어가고
바다로 여행도 간다

재미있는 모래 알갱이 잔치에
나도 낄 수 없냐고 물어볼까?
나는 고민만 한다.

카네이션을 접으며

꼼지락대는 손가락 사이로
꼬깃한 종이가 꽃으로 피어난다

행여 들킬까
방문 꼭 닫고

행여 잘못 접을까
살피고 또 살핀다

감사를 담은 이 꽃을 받고
좋아하실 부모님 생각하니

입가에 웃음이 피어나고
카네이션도 덩달아 함빡 웃는다.

향기에 취해

산에서 나는 풀내음은
언제나 신비롭다

산나물의 상큼한 향기는
겨울에도 사라지지 않는다

혹시 산에 주인이 있는 건 아닐까
그렇다면 어디에 있을까

산 주인을 만나면
말하고 싶다

두고두고 이 산의 향기를
맡게 해 달라고.

산에서 나는 향기

산에는
온갖 향기가 모여 산다
소나무, 밤나무, 떡갈나무
할미꽃, 도라지꽃, 방울꽃
그리고 온갖 산새들이 모여
아름다운 향기를 뿜어낸다

서로 정답게
웃으며 말하는 사이
향기가 솔솔 피어 나온다

모두 고운 말
바른말만 하는지
향기 하나하나가
참 곱다

덩달아
내 마음도
고와짐을 느낀다.

시험

하얀 시험지 위에
다닥다닥
바른 글씨들과
멀쩍멀쩍
지렁이 글씨가
어우러져 있다

그 위에
바른 글씨와
지렁이 글씨가
짝이 맞는지

빨강색 잉크들이
확인하고
떼어 놓는다.

거울

내가 팔을 들면
저도 팔을 들고

내가 뛰면
저도 따라 뛴다

조그맣고 얇은
유리 안에
나랑 똑같이 생긴 게
들어 있으니

자꾸자꾸
쳐다보게 된다.

연등 별

해마다 이맘때면
길거리에 알록달록
연등이 별처럼 반짝인다

별을 세듯
연등을 세면서
학교에 가고 온다

저 연등을 하늘로 보내
별이 되게 하면 어떨까
어여쁜 연등 별이 뜨겠지

나는
연등 별을 세면서
잠이 들겠지.

꽃의 꿈

꽃들은
저마다
꿈이 있다

어떤 꽃들은
신부의 부케가
되고 싶고

어떤 꽃들은
어여쁜 꽃장식이
되고 싶어 한다

꿈을 이룬
꽃의 미소가
보이면

나도
꽃처럼
꿈을 이루어 보고 싶다.

메르스 공포

누군가
기침을 하면
무섭다

주변 사람들도
모이기만 하면
그 얘기뿐이다

행여 우리 집에
기침 소리 날까
쉬쉬 하는데

혹시 내가 걸리면 어쩌나
괜스레 걱정하다
오늘이 넘어간다.

그림 속 징검다리

아이들이
폴짝폴짝 건너면서
까르르 웃고

파란 물과 어우러진
그림 속 징검다리는
참으로 예쁘다

시공간이 멈춰져 있고
징검다리로는
쓸 수도 없는데

나는
아무 걱정 없이 서 있는
아름다운 네가 참 부럽다

그림 속 징검다리야!
나는 네가 참 부럽다.

태극기

경찰서 앞에서
시청 앞에서
청와대 앞에서

바람에
몸을 맡기고
펄럭펄럭

누구에게도
구겨지지 않은 자기 몸을
보여 주지 않는 태극기

무엇이
부끄러워
그럴까.

막대사탕

막대사탕은
참 착하다

자기 몸을 녹여 가며
나에게 단맛을 준다

세상에 모든 음식은
다 착하다

씹히고 녹아내려도
우리에게 맛을 준다

막대사탕은 다 녹아
뼈만 남아도 웃는다.

민들레꽃

하얀 솜털 되기 전에
줄기가 뜯겨 버려도
민들레는 괜찮대

아이들이 꽃반지 보며
웃는 게 느껴지면
기분이 좋대

다만 아쉬워하는
솜털 홀씨 하나
남아 있대.

벚꽃나무

살금살금 올라오는
봄 내음을 맡고는
내 마음속 벚나무가
꽃을 피운다

지나가는 아이들도
저마다 벚꽃 웃음
학교는 이미
벚꽃 축제장이다.

물속의 생명

내 눈에서 물이 흐른다

물속의 생명이
힘이 없기 때문이다

내 눈에서 물이 흐른다

나는 그 생명을 위해
해 줄 수 있는 게
없기 때문에

안타까울 뿐이다.

살아 있는 그림

남이 그린 그림은
아무리 잘 그려도
내 눈앞에서
살아 움직이지 않는다

내가 그린 그림은
아무리 못 그렸어도
내 마음속에서
살아 움직인다.

어버이날이면

어버이날
부모님께 드린
나의 선물

내 돈 내고
내가 사드린
선물이지만

왠지 진심이 아닌
돈을 드린 것 같아
자꾸만 찝찝한 마음

이제는 오롯이 담긴
사랑과 감사의 마음
그것을 드리고 싶다.

얼어붙은 장미

얼어붙은 장미는
아름답고
찢어지지 않는다

하지만 얼어붙은 장미는
자신이 품고 있는
향기조차 내지 못하고

누구도
만지려 하지 않으며
쉬고 싶어도 쉴 수가 없다

얼어붙은 장미는
간절히
봄을 기다리고 있다.

비밀번호

우리 집에는
병정이 살아

잘못 만지면
개로 변하지

이 병정은
우리 집을 지켜 줘

우리는 그 병정들을
네 글자로
비 밀 번 호 라고 부르지.

제3부

가족의 향기

황사

아침에 공기가 뿌예지면
어김없이 아이들은
하얀 천을 입에 대고 나온다
덩달아서 나도 덧대고 싶지만
친구들 웃는 입이 가리워져
괜히 입마개가 미워진다.

가족

생각이 달라도
마음이 맞지 않아도
그 누구보다
사랑하는 사람들

그런 사람들을
가족이라 하나 보다

떠나보낼 때
가슴이 슬픈 사람을
가족이라 하나 보다

누구보다 나를
아끼는 사람이
나의 가족이다.

겨울 허수아비

항상 똑같은 얼굴
웃을 줄도 모르고
울 줄도 모르는

언제나 화가 난 듯한
허수아비야!

하지만 너처럼
외로운 것은 없을 거야

이 추운 겨울에
찾아오는 손님 하나 없이
빈 밭에 혼자 서 있잖니

다정한 얼굴을 해야
참새라도 놀러 올 텐데

표정을 바꾸지 않는 너
오늘도 한없이 외롭겠구나.

나팔꽃

나팔꽃은 늘 새벽에 피어나지
나는 그 이유를 알지

곤히 자는 해님
나팔 소리로 깨우려는 거야

자는 척하던 낮과
밤에 있던 일들 모두

새벽에 일어나
해님께 보고하려는 거야.

사계절 바람

아마도
사계절 바람은
서로 다른 모습인가 봐

봄바람은
보들보들 살랑살랑
엄마 바람

여름바람은
너무 인색해서
구두쇠 바람

가을바람은
시원시원 포근포근
아빠 바람

겨울바람은
쌩쌩 뾰족뾰족
군인 바람

바람은
네 개의 얼굴.

나무

나무가
살랑거린다

아주 산뜻하게
인사를 한다

그러나 시험 중인 나는
인사하는 나무가

우울한 나를
약 올리는 것만 같다.

마음에 숨긴 말

누구나 마음 한편에
몰래 숨겨 둔
작은 고민이 있다

들키지 않도록
아무 일 없는 척
혼자만 앓고 있는 고민

묵히고 묵혀
더는 보관할 수 없을 때
고민을 들어줄 사람을 찾는다

나의 손을 꼭 잡고
고민을 들어줄
한 명쯤 있으면 좋으련만

아무리 둘러보아도
들어줄 사람이 없어
오늘 하루도 묵혀야 한다.

방학을 기다리며

내가 세상에서
제일 좋아하는 그것
없으면 너무 섭섭하지

나는 일 년을 이렇게
방학만 기다리며 사는데

직장에 다니는
이모 삼촌은
무슨 낙으로 살지?

봄비 3

봄비가
바다에
떨어집니다

바다는
제 몸에
조금이라도 더
봄비가 섞이게 합니다

가라앉은 배도
봄비 내음을 맡고
성큼 다가온 봄을
알아야 하니까요

바다는
이런 제 역할이
얼른 끝나길
바랄 뿐입니다.

비둘기

집 나와서
다섯 걸음만 걸어도
숱하게 보이는 비둘기 떼

비둘기들이 고개를 까딱이며
쪼아대는 것은
언제나 음식물 쓰레기

사람이 버린 음식물을 먹고
토실토실 살이 쪄
요즘은 닭둘기라고도 부른다지

살이 찐 비둘기는
뒤뚱뒤뚱 오리걸음
날아가는 법도 잊은 듯하다

오늘따라 음식물 봉투를 쪼고 있는
저 비둘기들이
자꾸만 처량해 보인다.

비밀번호 2

내 마음 한편에
자리 잡은 문

그리고 문에 걸려 있는
복잡한 비밀번호

이 비밀번호를
처음 푼 건 가족이고

다음은 친구였는데
그다음은 누굴까

나는 오늘도
비밀번호를 풀어줄
누군가를 기다린다.

세상에서 가장 미운 것

아침마다
시끄럽게 울어대는 너

아무리 예쁘게 울어도
듣기 싫은 너의 목소리

자칫하면
가족들 다 깨우고 마는

나는 그런 알람이
세상에서 가장 밉다.

소꿉놀이

조그만 계집에들
옹기종기 모여서
나 엄마, 너 언니
수다를 떤다

조그만 것이
어른 흉내 내는 게
귀여운지

솔바람도
살랑살랑
머리 쓰다듬다 가고

나무들도
자꾸 더 놀라고
나뭇잎을 떨어뜨린다.

야자나무 아래에서

새들이 짹짹하면
물이 철썩
서로 인사를 하고

나뭇잎이 바스락
바람이 살랑
대화를 한다

그 소리를
슬며시 엿듣던
작은 아이는

나무 그늘에 앉아
조용히 미소를 짓고

옆에 앉아 있던
평온함도 슬그머니
입꼬리를 올린다.

옷장

날마다 내 옷을
품에 안아 주는
내 작은 옷장

옷들도
옷장 품이 좋은지
다음 날 입으면
반짝반짝 빛이 난다

나를 이렇게
예쁘게 만들어 주는
하얀 옷장이 고마워
참 고마워.

최초의 탄생

종이는
어디서 왔을까?

나무에서 왔다

나무는
어디서 왔을까?

씨앗에서 왔다

씨앗은
어디서 났을까?

나무에서 왔다

그럼, 최초로 탄생한 나무는
씨앗일까?
나무일까?

친구

참 이상하지

분명히 어제까지는
눈이 마주치면
미간부터 찌푸렸는데

오늘은 몸이 먼저 나가
손부터 잡고 보네
분명히 또 싸울 텐데

분명히 또
눈 마주치면
미간부터 찌푸릴 텐데

지금은 너무 좋다.

잔소리

오늘도
그칠 줄 모르는
속사포 잔소리들

할머니는
엄마한테

엄마는
나한테

엄마들의 입은
잔소리를 위해
태어났나 봐.

저녁 가을 하늘

저녁에 보는
가을 하늘

단풍나무에서
뽑은 실로
만든 걸까?

하늘이
단풍처럼
참 곱다

가을 저녁의 하늘은
단풍실로 짠
큰 보자기 같다.

가을 하늘

무거웠던 하늘이
어제였는데

오늘은
언제 그랬느냐는 듯
높고 푸른 하늘

구름무늬 두둥실
가벼운 하늘

가을 하늘 보자기가
온 하늘에 펼쳐져 있다.

가을비

비가 내리면
낙엽들은
온통 구슬로
치장하고 나오지

행여
해라도 나오면
가을비로 치장한 자기 모습
자랑하고 싶어서이지

가을비 내리는 날
단풍은
사치스러워 보이지만
아름답기만 하지.

가족의 향기

싸워도
싫어도
미워도

어렴풋이
남아 있는
향기

가족의 정
그 향기 때문에
마음이 간다

싸워도 싫어도 미워도
화해할 수밖에 없는
그쪽의 향기가 고맙다.

거미줄

얽히고설킨 내 감정이
거미줄이 되어 버리고

그 거미줄에 사는
작은 거미는
새끼를 낳아 독립시킨다

새끼들은 내 입에서
다른 사람 입으로

결국 마음에 도착하면
또 다른 거미줄을 치겠지

이 거미들의 번식은
언제쯤 멈출까

내 마음속에 작은 거미는
언제 죽을까

나는 오늘 다시 한 번
기도해 본다.

길고양이

고양아! 고양아!

딱딱한 아스팔트
그 위에 고이 놓여 있는
아기 길고양이

옆집 유치원생보다도
윗집 돌잡이보다도
덜 살았을 텐데

무엇이 그리 급해서
어미의 생일 축하 노래
한 번 못 듣고

조막만한 몸으로
하늘나라로 달려갔니

고양아! 고양아!

낙엽을 밟으며

어미나무 품에서
형제들 틈에 끼어
파릇하게 자랐는데

결국 어미보다
먼저 가 버리는
나뭇잎

내가 낙엽 밟는 소리는
나뭇잎이 마지막으로
작게 내는 소리일 텐데

오늘따라
바스락 소리가
서글프게 들린다.

제4부

생각하는 나무

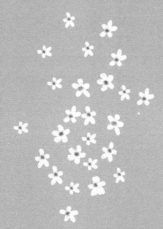

낡은 청바지

작아지고 헐어서
이제 못 입는
낡은 청바지

하지만 상처 하나에
추억이 깃들고
우정이 깃들고
사랑이 깃들었기에

나는
그 바지를
사랑한다.

눈물

눈물이 흐르고
작은 물방울들이
떨어져 버린다

그렇게 떨어져
없어진 눈물방울이
수천 개

그러나
나의 눈물이
마르지 않는 이유는

신이
나의 슬픔을
즐기고 있기 때문인가

아니면 인간이란 생물은
슬프지 않으면 안 돼서
이렇게 만들어진 것인가

오늘도
내 몸에서는
작은 눈물이 만들어지고 있다.

달맞이꽃

달맞이꽃은요

달님을 몰래
짝사랑해서

저녁이면요

허리를 펴고
꽃단장하고

달님 나올 때
환하게 웃는대요.

선택이란 것이

나는
선택이 무섭다

아주 작은 실수로
순간 잘못 선택을 하면

내가 불행해질 가능성들이
점점 높아질까 봐

오늘도 난
흔쾌히 선택하지 못하고

겁먹은 나를 다독여 주며
하루를 시작한다.

동그라미

동그라미
동그라미

나는 알지

세상에서
제일 완벽한
동그라미

나는 잘 알지

그건 날 보는
친구의 눈동자
부모님 눈동자

내가 사랑하는
모든 사람들의
눈동자라는 것을.

로드킬

새끼 한 마리라도
더 먹여 살려야지 하고
먹이 찾으러 나왔는데

나는 지금
피를 흘리고 있다

내 아이들……
아직 혼자서는
아무것도 못하는데

엄마가 약속 못 지켜서
미안해
먼저 가서 미안해

먹이 구하는 법
못 가르쳐서 미안해
사랑해.

만화

작은 상자가
번쩍거리며
웃고 떠든다

늘 행복한
주인공

늘 착한
친구들

난 왜
저러지 않을까

신세 한탄
해 보다

결국
채널을
돌리고 만다.

무책임

어른들은 우리에게 말한다

욕하지 말고
술 먹지 말고
담배 피우지 말고
거짓말 하지 말고
남을 때리지 말고
싸우지 말라고 한다

그러나 정작
어른들은 지금

욕하고
술 먹고
담배를 피우고
거짓말도 하고
남을 때리고
싸우고 있다.

발자국 소리

혼자 있을 때
문 밖에서 들리는
발자국 소리

누구일까?
누구일까?

궁금하면서도
무서운 생각

기다리는 사람이면
반가움일 텐데

모르는 사람이면
어떡하지?

혼자 있을 때 나는,
문 밖에 귀를 더 기울인다.

별 1

가을밤
작은 샛별 하나
세상 구경하러 나왔다

새벽이 되어
집에 들어오라고
목청 높이는 엄마별 따라가는
아기별 얼굴이 시무룩하다

기운 내라며
손 한 번 흔들어 주니
어느새 기분이 좋아졌는지

작고 예쁜 빛 반짝
생긋 웃으며 간다.

별 2

저기저기
조그마한
아기 별아

너는
소원을 들어주긴
너무 작아

하지만 네가
엄마 별에게
나의 소원
전해 주길 바라면서

소원 하나
이렇게 빌어 본다

부디
우리 가족
아무 탈없이 아주 도래도록
행복하게 해 주렴.

봉숭아물

작년에도 손톱에
봉숭아물을 들이고

재작년에도 빨갛게
꽃물을 들였다

봉숭아는
왜 매년 보아도
변함이 없이 고울까

꽃도 예쁘고
꽃물도 예쁘고

나도 봉숭아처럼
예쁜 물 한 번
몸속에 담고 싶다.

가족 2

가족은
사랑으로
이루어진다

옛날 사람들은
사랑하지 않아도
집안이 정하면
결혼을 했다던데

옛날 사람들은
자식에 대한 배려가 없었나 보다

행복하지 않은 가정을
꾸려 주니까 말이다.

부서지는 봄

여름이
봄을 부수었다

봄은 조금씩 조금씩
소리 없이 부서진다

봄이 부서진 자리에
여름이 앉는다

그리고 봄 조각은
순서를 기다리며

몸을 키우는
겨울 옆에 앉는다.

분수

아이들과 춤추며
아이들과 뛰놀며
때론 엎어지면서

모두 지쳐서
쓰러질 때까지
놀고 또 논다

언제까지나 항상
아이들이 나와 놀면
좋겠다고 생각하며

내일의 행복을
기다리면서
나는 오늘도 잠이 들지.

욕심쟁이

성경에서도
불경에서도
교훈에서도
일상에서도

욕심은
버려야 한다고 했지만

오늘도 마음 한편에
남아 있는
욕심에게 지고 만다

"얼마예요?"
를 외치며
또 욕심쟁이가 된다.

봄비 그치고

봄이
땅을 갈고
씨를 뿌리고

봄풀
여름풀

향긋한
새싹이 되도록
물을 준다

엄마 고마워요
인사하는 새싹에게

봄은
웃으면서
해를 보여 준다.

사진

찰칵~
소리와 함께

사진 속에
시간이 담기고

멈춘 시간 속에
사람들의 모습이 있다

활짝 웃는 얼굴과
행복한 시간들

한 장의 사진 속에
추억으로 남기에

사람들은 오늘도
사진을 찍는다.

상처

세상에
안 아픈 상처는 없다

아픔을 내색하지 않고
살아갈 뿐

그들은 결코 상처가
아프지 않은 게 아니다

단지 상처가 익숙해져
무섭지 않을 뿐이다.

생각하는 나무

생각하는 나무
들어는 봤니?

나의 친구

어디에나 있던
내 친구

나하고만
말하던

외동딸인 나의
좋은 친구

안 본 지
몇 년 되었지만

언젠가
보고 싶은
내 친구란다.

서울에 뜬 별

서울 하늘에
별 하나가 떴다
작디작은 별
언제 또 뜰지 몰라
눈에 꼭꼭 담아 둔다.

성 차별

옛날 사람들은
여자는 계집애라며
공부도 못하게 했다지

남자를
키운 것을 보면
꽤 똑똑했을 텐데

옛날에는
여자애는 계집애니까
조신하라 했다지

남자를
업고 안고 다닌 걸 보면
힘도 좋았을 텐데

옛날 사람들
참 멍청하다
그치?

아기와 엄마

엄마한테 아기만큼
힘들게 하는 존재는 없지
만날 앵앵 울어대잖아

아기한테 엄마만큼
신기한 존재는 없지
항상 원하는 게 나오잖아

하지만 그들만큼
잘 어울리는 게 없지
둘은 사랑이 오가는 가족이니까.

숫자

세상에서
가장 보람찬 숫자는
생명을 살리는데
쓰이는 숫자다

수술대에 오른 사람의
심장박동수를
나타내는 숫자처럼
중요한 거니까

세상에서
가장 슬픈 숫자는
남을 해치는데
쓰이는 숫자다

누군가를 해치기 위해
계획을 세울 때
쓰이는 숫자처럼
위험을 담기도 하니까.

웃음 유언

사람들은 말이 참 많아
죽을 때도 말을 하잖아

나는 죽을 때 어떤 말을 할까?
아마 나는
그냥 웃을 거야

나를 떠나보내는 사람
슬퍼 말라고
나는 웃을 거야

그래,
나는 말로 유언을 안 하고
웃음으로 유언을 남길 거야.

제5부

추억의 향기

인사

좋든 싫든
해야 하는 것

누구인지
가리지 않고

내 눈도장이
찍힌 사람들에게

하루를 시작하고
하루를 끝낼 때

꼭 주고받는
인사.

제사

나에겐 무의미한 시간
너무나도 지루한 시간

벗 없는 시간을
보내는 게 너무 힘들어

오늘도 나는 조상님 한 번
만나 뵙지 못하고
그저 시간만 가길 기다린다

매번 이러는 후손에게
화도 안 나시는지
사진 속 얼굴은 언제나 웃으신다

늘 조용한 조상님 앞에서
나는 멍하니 앞만 보고 있다.

줄

작게 일어난
소용돌이 속에서

잡을 수 있는
줄이 있다면

살 희망 같은 걸
가질 수 있지 않을까

그렇게 줄 하나만
딱 하나만

붙잡고 살 수 있다면
난 인생이 살 만할 거야

나를 붙들어 줄 좋은 사람
그런 사람이 한 명만 있다면.

추억의 향기

무언가가 떠날 때
내 코끝에는

추억이 남기고 사라진
라일락 향기처럼

진하고 아름다운 향기들이
조금 남는다

그리고 그 향기들은
기억 속 어딘가 박혀

다른 추억의 향기들과
영원히 내 코에 남는다.

침

내 마음은
침 자국투성이

내가 상처 받을 때마다
누군가가 놔준
작은 침 자국들

상처는 없어졌지만
상처가 있었다는 걸
침 자국들이 알려 준다

나이가 들수록
침 자국이 많아질 텐데

더는 침 자국이
마음을 뒤덮지 않기를
바라고 또 바란다.

폭염

해마다 찾아오는
여름방학 불청객

남이 뭐라 하든
혼자 유유히
지구 한 바퀴
빙 돌다 온다

귀 먹은 더위는
그 누구의 말도
들질 않으니……

해마다
서울에 오는 건
더 커진 폭염
그것들뿐이다.

하트

하트는 심장을 뜻한다
하트는 사랑도 뜻한다
하트는 마음을 뜻한다

셋 중에
진짜 하트가 무엇인지
정확히는 모르지만

우리가 저 셋을 다 가져서
우리의 공통점이
하트인 걸 나는 안다.

허수아비

인간처럼 만들어졌지만
진짜 인간은 아니야

늘 화난 표정에
뇌도 심장도 없지
아무도 널 좋아하지 않아

평생 외롭게 살다
이젠 누더기로 버려지겠지

내일이면 자신이
불길 속에 던져질 것을 알기에

지나가는 새들에게
벗이 되어 하루만 행복하게
하루만 그렇게 살게 해 달라고
부탁하겠지 너는.

촛불 2

작은 심지에
불이 타오른다

너무 뜨거웠는지
초의 눈물이

'톡' 하고 떨어진다

아마 불이 꺼질 땐
초가 다 무너져
엉망일 텐데

다시 다듬어
세워 본다 해도

무너진 초의 역사는
바로 서지 않는다.

은행잎을 주우며

은행잎이 춤을 추며
땅으로 떨어진다

아무도 본 적 없는
자신들의 끝을

상상조차 못하는지
고운 색만 뽐낸다

나는 이들이 안타까워
조심조심 한 아름 주워서

꽃도 만들어 보고
동물도 만들어 본다.

낮잠

잠자는 사사들을
쥐 한 마리가
밟고 다닌다

하나 둘 사자들이
잠에서 깨어난다

무지한 쥐는 계속
사자들을 밟고 있다

서너 마리
네다섯 마리
대여섯 마리

사자들이 깨어난다
그들의 낮잠은
끝나가고 있다

쥐가 뒤를 돌아보았을 때
그들은 잠자는 사자가 아닌
화가 난 사자로 앉아 있다

쥐는 그저 쥐일 뿐이다.

손톱

어젯밤에
깎은 손톱

엄마 몰래
마당에 하나
현관에 하나

얼른얼른
쥐가 와서

내 손톱
먹어 주었으면

얼른얼른
쥐가 내가 되어

나 대신
학교에 가 주었으면.

동물사전

동물사전에는
인간이 없다
인간도 동물인데
왜일까?

나는 그 이유를 알지
인간이 다른 동물을
너무 많이 잡아서

동물사전 동물들이
도망갈까 봐
그럼 동물사전에
동물이 없어지니까

근데 인간은 참 무식하다
동물을 덜 잡을 생각을 해야지
어떻게 인간을
동물사전에서 빼

인간은 참 무식해.

헛기침

깨끗한 길 위에
사람들이 놓고 간
헛기침이 쌓인다

머쓱한 헛기침
멋들어진 헛기침
정신 차리고 내뱉은
작은 헛기침

무수한 헛기침으로 뒤덮여
더는 깨끗하지 않은
길의 모습

때 묻고 더러운 자신을 보며
한탄하는 길이지만
마음 한편으로는
생각해 본다

어찌 순수하게만
살아갈 수 있을까.

종이컵

"환경을 위해 종이컵 대신 머그컵을."

학교에서도
책에서도
TV에서도

늘 듣고 사는 말

그러나 지금
내가 물을 따르는 컵은
종이컵

늘 들으니까
더 안 듣게 되는데

높으신 분들도 그런지
말을 지지리도 안 듣는다.

크리스마스트리 2

낮에도 저녁에도
크리스마스트리는
정말 화려해

밝은 빛과
화려한 장식
모두 아름다워

하지만 모두가 잠든 밤
불 꺼진 트리는
훨씬 더 예쁘지

알록달록 빛 말고
화려한 장식 말고

사람들의 추억과
작은 소원들이
속삭이고 있거든

크리스마스트리는
불이 꺼진 밤에도
참 아름다워.

피아노

언제나
밝은 소리로
팅, 둥, 뎅

음표로 난 길
연주자를 따라
조용히 걷는 너는

뛰고 걸으면서
소리들을 만들어 내지

평생 같이할 친구인지
좀 있다 헤어질 웬수인지
정확히 몰라도

네가 음표로 만든 길
나를 따라 신나게 걸으며
놀 때는
나도 정말 즐겁다.

나만의 산타클로스

산타클로스는
루돌프 썰매 타고
빨간 옷 입고
선물을 준다

나만의 산타클로스는
자동차 타고
마트나 백화점 가서
선물을 사 준다

이렇게 좋은
나만의 산타클로스는
엄마, 아빠, 지갑
이렇게 삼총사다.

기다림

기다림은 지루하다
많은 인내심이 있어야만
기다림이 가능해진다

그 인내심이 없어
나의 무수한 기다림의 끝은
늘 포기가 되고 말았다

하지만 날이 가고 해가 가며
인내심이 늘어 가고
기다림의 끝이 행복이 되어 갔다

아직도 기다림은 나에게 어렵지만
그 끝이 행복이기에
조금 더 조금만 더
기다려 보기로 한다.

엄마의 실수

어항 속에서 일어나는
엄마들의 실수라니

자기 배에 붙어 있는 살이
지 새끼의 몸뚱이인데

너는 입으로 새끼를 먹고
평화롭게 헤엄을 치는구나

낳자마자 제 자식을 잊어버리는
엄마의 큰 실수를

아기 물고기가
용서할 수 있을까.

나이테

허름한 작은 나부도
화려한 큰 나무도

나무의 나이테를 세기 전에는
나무의 진짜 나이를
알 수 없다

사실을 모르고 나무에게 남긴
깊은 상처가
평생 갈 흉터가 되고

사실을 모르고 나무에게 남긴
자잘한 허영은 잔가지가 되어
나무의 성장을 방해하니

진실을 모르고 입을 여는 사람은
속껍질을 열면 나이테가 단 하나도
존재하지 않는 될성부른 나무이다.

깨진 액정

금이 가서
애처로워 보여도
계속 일을 하는
휴대폰 액정들

깨끗한 얼굴이 더러워져도
아무렇지 않은 척
끝없이 빛을 낸다

깨져 버려도 일을 하는 건
빛을 내지 않으면
버려질 것 같아서인가

오늘따라 깨진 액정이
지나가는 사람들의
마음처럼 보인다.

무거운 시곗바늘

넙고 춥고
기쁘고 슬플 때도
돌아가는 마음속
작은 시계

어렸을 때는
시곗바늘이
너무나 가벼워
느리게 가는데

이제는 갈수록
바늘이 무거워져
높은 곳에서 금방 떨어지고
금방 올라간다

물 흐르듯 가는 시간에
댐 한 번 못 쌓고
그저 바라보는 게
자연의 이치니

약보다 쓴 시간이
내 몸을 덮쳐도
받아들일 수밖에 없어

쓴 시간에
짠 눈물방울
떨어뜨려 본다.

골

당신의 골이 깊어지고
점점 많아졌을 때
미안함의 감정을
알게 되었다

당신이 자유롭게
울고 웃던 시절을
멈추게 해서

당신이 준 대로
돌려주지 못해서

가끔은 당신을
남몰래 욕해서
정말 미안하다

그래도 이제
당신의 골이
안 보이는 이유는

그 골이 사랑으로
채워졌기 때문이다
미안하고 사랑하고 감사하다.

수인이 시를 세상에 소개하고 싶어요!

박종숙(시인)

　이 시집에 묶인 시들은 수인이가 초등학교 3학년부터 5학년까지 쓴 시들입니다. 수인이의 시를 읽고 있으면 '초등학생이 쓴 게 맞나!' 라는 생각이 들 때가 많습니다. 빼어난 어휘력과 깊은 생각 펼침이 기성시인들이 쓰는 시와 조금도 다를 것이 없기 때문입니다. 아니, 더 깊고, 더 솔직하고, 더 맑고 순수하다는 생각이 들지요. 어른들이 쓴 동시를 읽다 보면 대부분 어린이를 의식하고 쓴 시라는 게 눈에 보이지요. 그런데 수인이가 쓴 시를 읽고 있으면 누구도 의식하지 않고 쓴다는 것이 놀랍습니다.

　이 시들을 읽고 있으면 어른으로 산다는 게 부끄럽다는 생각이 들 때가 많습니다. '아이들이 보고 듣고 느끼고 생각하는 것이 저렇구나.' 어른들은 아이가 어리다는 이유로 자꾸만 무언가를 가르치고 싶어 하지요. 수인이의 글을 읽으면 가르침보다 바로 사는 모습을 보여 주는 게 가장 좋은 교육이라는 것을 알게 됩니다. 어린이들이 읽으면 공감을 할 것이고 어른들이 읽으면 어린이를 이해하는데 도움이 될 겁니다.

영정사진 옆에/촛불이 켜졌다//하얀 양초도/누군가 돌아가신 게/슬픈 걸까?//촛불로 자신의 몸을 달구며/마알간 눈물을 흘린다//자신의 몸이/다 녹아 없어질 때까지/울고 앉아 있다.
　－〈장례식장에서〉 전문

사람들은 어느새 잊고 있다/아직도 수많은 꿈이/가라앉아 있다는 사실//그리고 저 밑에/상처받은 사람들이/울고 있다는 사실을.
　－〈한순간－세월호 그날〉 일부

우리 집에는/병정이 살아//잘못 만지면/개로 변하지//이 병정은/우리 집을 지켜 줘//우리는 그 병정들을/네 글자로/비밀번호라고 부르지.
　－〈비밀번호〉 전문

어른들은 우리에게 말한다//욕하지 말고/술 먹지 말고/담배 피우지 말고/거짓말 하지 말고/남을 때리지 말고/싸우지 말라고 한다//그러나 정작/어른들은 지금//욕하고/술 먹고/담배를 피우고/거짓말도 하고 남을 때리고/싸우고 있다.
　－〈무책임〉 전문

수인이는 이제 6학년이 됩니다. 곧 중학생이 될 것이고 그러면 그동안 썼던 시들이 세상의 빛도 못 보고 묻힐까 걱정했는데 연인M&B 신현운 대표님께서 기쁜 마음으로 책을 만들어 주서서 다행히 빛을 보게 되었습니다. 많은 사람들에게 읽히는 시집이 되었으면 합니다. 그리고 수인이 바람대로 시를 읽는 모든 분들이 행복하시길 바랍니다.

2017년 2월